Tous les personnages
de ce livre sont imprimés en Italie,
sur du papier issu
de forêts gérées durablement!

Stéphanie Demasse-Pottier
Juliette Léveillé

LE TEMPS QUI PASSE

maison eliza

J’attends une nouvelle.
J’espère que ce sera pour aujourd’hui.

Mais la journée s’étire, tout en longueur.
Rien à l’horizon.

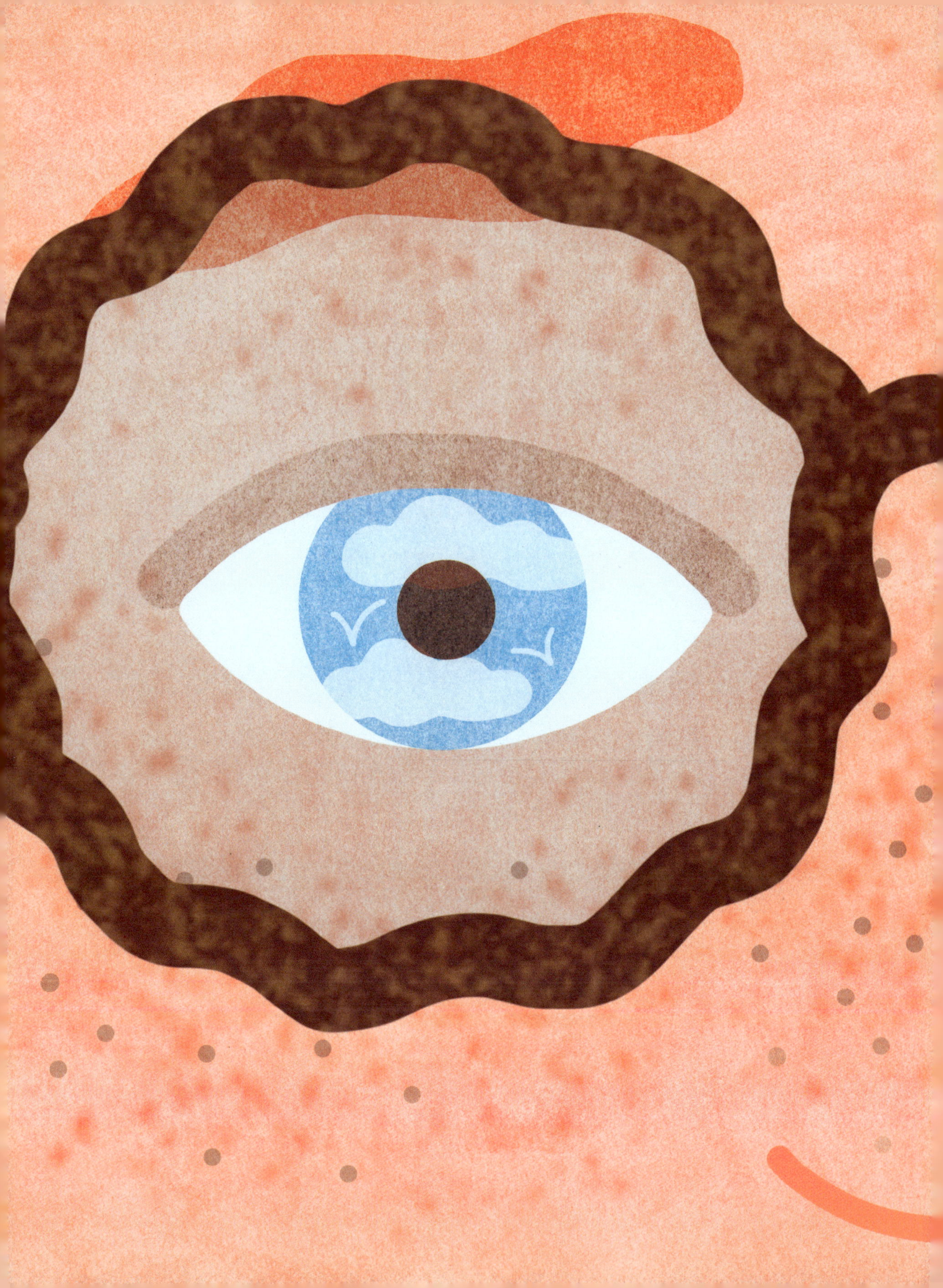

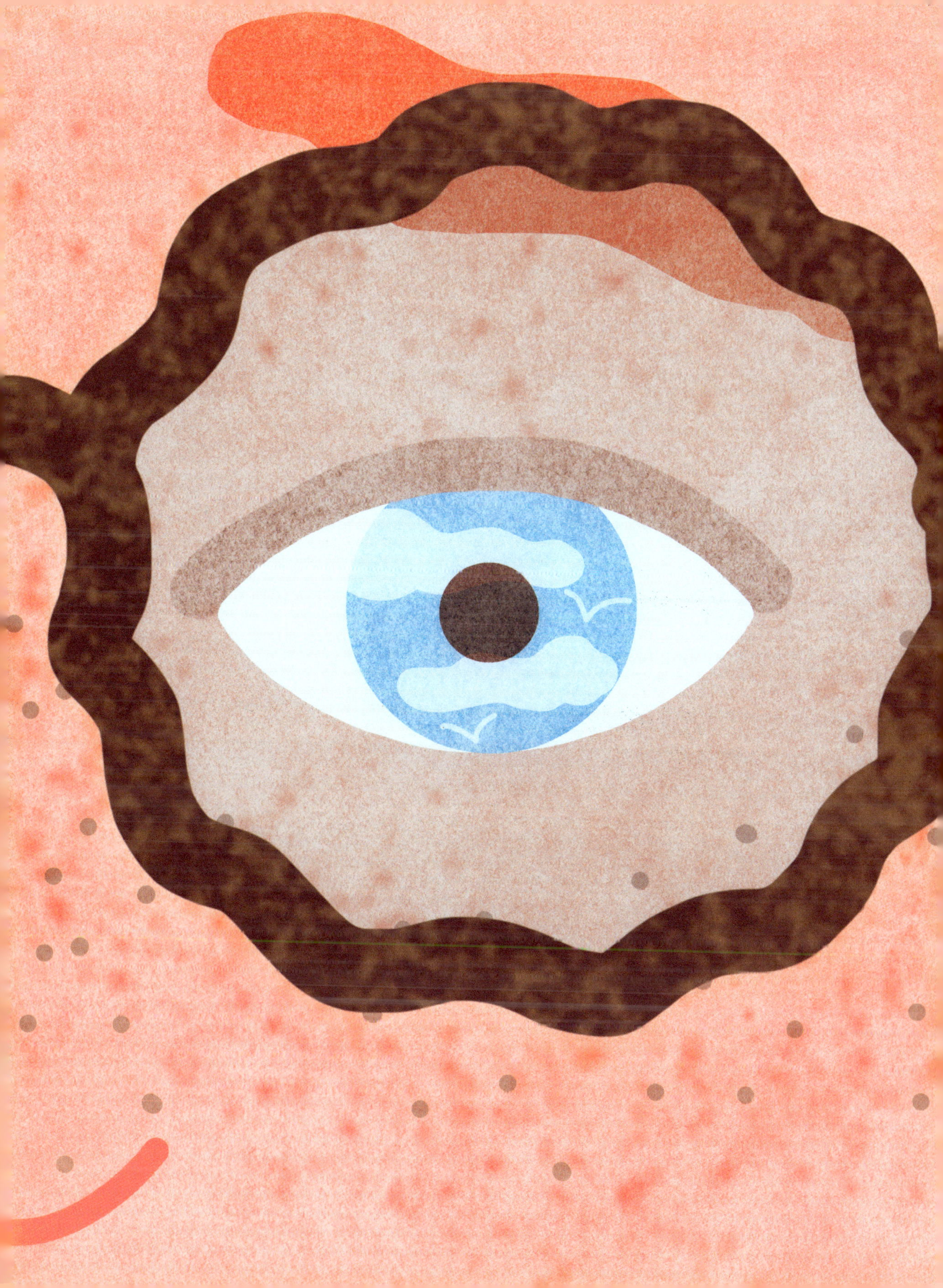

Je n'arrive à m'intéresser à rien d'autre.
Je réponds du bout des lèvres.
Je suis là mais je suis absent.
Je suis dans ma tête.

Je suis excité
et triste à la fois.
C'est étrange.

Je n’ai pas faim.
Je n’ai envie de rien.

Je voudrais juste savoir.
Je voudrais que la vie reprenne son cours.
Avec ses petits riens,
qui donnent souvent le sourire.

Est-ce que c’est comme ça quand on grandit ?
Est-ce qu’on attend tout le temps des réponses ?

Je voudrais être léger.
Aller courir dehors.
Respirer le vent.

Mais, quelque chose me retient ici.
Je voudrais dormir,
me reposer un peu...

Mais, ma tête explose
avec toutes ces idées
qui se mélangent !

J'aimerais parler à quelqu'un.
Qu'il me comprenne.

Mais rien ne sort de ma bouche.
Je tourne en rond.

Elle m’avait dit « aujourd’hui ».
Cette journée pèse des tonnes.
Par moment, j’y crois…
Et puis, toute ma confiance disparaît.

Soudain, le téléphone sonne.
Se pourrait-il que ce soit elle ?

Je reconnais sa voix.

On est un peu gênés tous les deux.
J'entends à peine lorsqu'elle me dit
« Je veux bien… »

Je la fais répéter:
« Je veux bien être
ton amoureuse ! »

Que cette journée est belle !
Je l'embrasse comme je l'aime !
Mon cœur fait des bonds
de joie dans ma poitrine.

FSC
www.fsc.org
MIXTE
Carton issu de sources responsables
FSC® C106107

www.maisoneliza.com
Les illustrations sont réalisées à la tablette graphique.

Loi n° 49-956 du 16 juillet 1949 sur les publications destinées à la jeunesse.
Dépôt légal : mars 2021 - ISBN : 979-10-96067-30-5

Achevé d'imprimer en février 2021 sur les presses de GRAFICHE AZ - Italie